martin
chez tante Lucie

Tante Lucie a proposé aux parents de Martine :

– Qu'elle vienne passer quelques jours à la maison. La vie à la campagne, c'est merveilleux.

Papa et maman ont dit oui... Martine fait sa valise et la voilà partie, des projets plein la tête...

Elle arrive chez tante Lucie. On décharge les bagages.

Aussitôt César, le dalmatien, accourt. Il aboie. Il est si heureux ! Vous parlez d'une surprise !

– Est-ce que tu vas rester longtemps, Martine ?

– Au moins une semaine.

– Chic alors ! Je vais t'apprendre à courir après la balle, à sauter, à te rouler dans l'herbe. On sera de vrais amis, tu verras.

– Il fait beau, il fait beau... Tout le monde en voiture!... Et que ça saute!... dit Amigo.

Amigo, c'est le perroquet de tante Lucie. Il raconte tout ce qui lui passe par la tête. Il fait des clins d'œil. C'est un drôle d'oiseau.

Dans le jardin de tante Lucie, il y a un colombier qu'il faut repeindre. C'est un plaisir de s'occuper ici. Des colombes, en voilà quinze, vingt peut-être... Elles arrivent de tous les côtés à la fois...

L'une d'elles ne craint pas de se poser sur l'épaule de Martine. Elle n'est pas farouche :

– Venez voir la petite fille sur une échelle !

– Attention au vernis ! prévient Martine.

Le chat du voisin est un acrobate.

– File de là ! disent les colombes. Tu n'es pas chez toi ! Espèce d'effronté !

Tiens, un canard est entré dans le jardin !

– Viens ici, que je t'attrape !

– Jamais de la vie… coin, coin, jamais de la vie !

– Gare à toi si tu abîmes les fleurs de tante Lucie !

D'où sort-il, celui-là ?

– C’est Pipo, mon canard. Il est passé à travers la haie, dit Christophe, le garçon du fermier. Laisse-moi t’aider. Je vais l’attraper tout de suite.
Tenir un canard dans ses bras n’est pas une petite affaire ! Il faut avoir l’habitude. Pipo n’aime pas cela du tout. Il se débat :
– Lâchez-moi ! Lâchez-moi donc ! Je n’ai rien fait. En voilà une histoire, coin, coin !...

Allons bon... il pleut maintenant !
– Si on allait pêcher des rainettes ?
– Des rainettes ? Où ça ?
– À la fontaine, pardi ! J’en ai vu.

Drinn… drinn… drinn… le téléphone sonne…

C'est maman qui demande des nouvelles.

Martine répond :

– Je vais très bien. Je t'embrasse fort, fort. Tante Lucie aussi… Christophe, le fils du fermier, est très gentil. Il a un canard qui s'appelle Pipo… J'ai repeint le pigeonnier. Hier, on est allés à la pêche aux grenouilles. Aujourd'hui, il pleut. On ne peut pas sortir. On se déguise avec les vieux chapeaux et les robes de tante Lucie. Patapouf s'amuse avec César, le dalmatien… Dans le grenier, on a trouvé un drôle de phonographe. Il marche encore…

La pluie, toujours la pluie…
Il fait un temps à ne pas mettre un chien dehors.
Quand il pleut, Patapouf est insupportable.
César ne tient pas en place :

– S'il te plaît, Martine, viens jouer avec nous.

– Je veux bien. Nous allons faire des bulles.

– Des bulles ? Comment ça ? Montre-nous !

– Ce n'est pas difficile. Je vais vous en préparer tout de suite.

– Dépêche-toi, Martine, dépêche-toi donc !

– Minute !… Un peu de patience, les amis !…

Des bulles, des bulles, en voilà tant que vous voulez… Elles éclatent, pif, paf, sur le bout du museau. Elles sont légères comme des plumes. Elles montent, montent.
Hop ! les voilà qui s'échappent…

– Moi, dit Patapouf, je voudrais être une grosse bulle.

– Et moi, un oiseau. Ou bien une libellule. Ou quelque chose comme ça. Si j'avais des ailes, explique César, je volerais loin, loin, de l'autre côté de la montagne.

– Il fait beau, il fait beau… Tout le monde en voiture !…

– Le perroquet doit avoir raison. Hier soir, j'ai vu un arc-en-ciel. C'est bon signe, dit tante Lucie. Je vous emmène en promenade. Allons, embarquez, nous partons.

Zut ! Le démarrage est plutôt difficile.

– Que faire ?

– Je crois que j'ai oublié de mettre de l'essence dans le réservoir.

Quelle déveine !

Non, ce n'était qu'un petit caprice du moteur.

Ouf !… il se met en marche !

– Si tu vas à la montagne, a dit l'institutrice de Martine, tu trouveras toutes sortes de plantes. Exactement celles qu'il te faut pour ton herbier.

C'est une aubaine. Profitons-en!

Mais surtout, ne pas abîmer les feuilles! Elles sont si fragiles. On dirait de la dentelle. Nulle part on n'en voit de pareilles.

Dans les herbes, sous les feuilles, entre les cailloux du ruisseau, vivent des insectes par milliers.

Les savants les appellent : coléoptères, archiptères, lépidoptères, etc. Ce sont des noms bizarres.

Mais bête à bon Dieu, demoiselle, vanesse, belle-dame, papillon, c'est tellement plus joli !

Voici déjà le soir… C'est l'heure de rentrer.

– Tiens, la chèvre là-bas s'est détachée. Il faut la rattraper.

Trop tard. Elle a disparu.

– Courons prévenir le fermier.

– Attends-moi, Martine !

Martine revient sur ses pas :

– Dis donc, Christophe, tu es tombé ?

– Je me suis accroché au fil barbelé !

Au loin, tante Lucie appelle :

– Hé, ho !… Les enfants… Hé, ho !…

– Voilà, voilà, on arrive !…

De retour à la maison, tante Lucie répare les habits déchirés.

Christophe a les genoux tout égratignés.

– Laisse-moi te soigner, dit Martine, sinon qu'est-ce que ta maman va dire ?

Tout de même, on a passé une bonne journée !

– Crois-tu que la chèvre s'est perdue ?

– Oh non ! Elle connaît le chemin.

– Tu vois les fleurs que j'ai cueillies dans la campagne ?

– Que vas-tu faire avec tout ça ? De la tisane ?

– Non, je vais confectionner un herbier.

– Un herbier, qu'est-ce que c'est ?

– C'est une collection de plantes. Le plus difficile, c'est de les conserver à plat.

– Comment t'y prendras-tu ?

– D'abord, je les mets sécher comme ça entre des feuilles de papier…

– Et après ?

– Après, quand elles sont bien sèches, je les colle dans mon album. Je marque le nom de chaque fleur au bas de la feuille et l'endroit où je l'ai trouvée.

Avec les plantes de Martine, tante Lucie a réalisé aussi ce délicat sous-verre. Elle le lui donne comme souvenir.

Finies les vacances chez tante Lucie. C'est papa qui sera surpris de voir l'herbier de Martine. Il n'est pas complet, bien sûr, mais ce sera pour une autre fois. Il y a tant de fleurs à découvrir dans la campagne!...

On se quitte bons copains.

– Est-ce que tu reviendras bientôt ?

– Mais oui, Christophe, répond tante Lucie. Martine reviendra aussi souvent qu'elle voudra.

martine
petite maman

Ce matin, tout est calme dans la maison de Martine. Papa et Maman sont partis en voyage pour la journée. Bébé, Minet et Patapouf dorment encore.

Le réveil sonne. Vite, Martine se lève car elle doit remplacer Maman et s'occuper d'Alain, le petit frère, qui ne va pas tarder à s'éveiller.

Elle tire les rideaux, ouvre les volets.

Aussitôt le soleil entre dans la chambre. Dehors, le coq chante et le jardin sent bon.

C'est une belle journée qui commence.

Les rêves de la nuit s'envolent. Bébé ouvre les yeux. Il regarde le coucou qui sort de l'horloge en criant « coucou, coucou ». Les canards, sur le papier peint, font semblant de se jeter dans la mare. Minet accourt dans l'escalier pour savoir si bébé a bien dormi.

Quand Alain est tout à fait éveillé, Martine le prend dans ses bras. Bébé, ébloui par le soleil, se cache les yeux en faisant une grimace.

– Bonjour, bonjour, dit Martine en l'embrassant pour le rassurer.

La journée de bébé commence par le bain.

Attention que l'eau ne soit pas trop chaude !

Baigner Alain n'est pas une mince affaire. Il tape dans l'eau avec son poing pour faire danser le poisson rouge et le canard en plastique.

Il veut se mettre debout dans la baignoire. Il s'éclabousse la figure et sort la langue. Prenons garde qu'il n'ait pas de savon dans les yeux.

Le bain est terminé. Bébé est tout nu sur la table. Sa peau est douce comme la peau d'une pêche. Surtout, bébé ne doit pas prendre froid. Une friction à l'eau de Cologne lui fera du bien.

– Moi, dit Patapouf en levant le museau, les parfums me donnent la migraine.

Bébé voudrait bien retourner dans la baignoire, mais, il a beau gesticuler, le bain est fini.

Martine est perplexe. Comment va-t-elle habiller bébé ? Si maman était ici, cela serait plus simple. Cela ne fait rien. Martine saura bien se tirer d'affaire.

Elle veille à ne pas piquer le petit frère avec les épingles de nourrice. Allons bon, bébé serre son poing dans la manche de la barboteuse. Sa menotte ne veut plus sortir de là. Heureusement que Martine ne s'énerve pas !

Et voilà un nœud qui n'est pas facile à faire.

Bébé pleure et se met en colère. Martine connaît bien la raison de son impatience. C'est que l'heure du biberon est arrivée. Et quand bébé a faim, il ne faut pas le faire attendre.

Aussi Martine se dépêche de mettre à chauffer l'eau dans la bouilloire. Où est le lait en poudre ? Et le sucre ? Le biberon est-il rincé ? Voilà qui est fait. Il ne reste plus qu'à mesurer le lait, l'eau et le sucre. Maman a dit : « Jusque-là dans le biberon. »

Ni trop chaud ni trop froid, le lait est à point.

Le petit frère ne pleure plus. Martine l'a installé sur ses genoux et il tète goulûment. Martine est bien contente qu'il ait un si bon appétit.

– Doucement, dit-elle en baissant le biberon. Sinon tu auras le hoquet.

Bébé regarde le plafond. Dans ses yeux, plus de chagrin. Il tient le biberon à deux mains et Minet l'observe, espérant que bébé ne boira pas tout.

Avant de partir, Maman a dit : « S'il fait beau, tu pourras promener bébé au parc ». C'est une chance que le soleil soit de la partie !

Martine sort la voiture de bébé. Elle met un oreiller rose et de jolis draps où sont brodés trois lapins et des oiseaux de couleur.

Pas de couvertures, il fait trop chaud ; bébé ne serait pas à son aise.

Ne pas oublier l'ombrelle.

Martine est fière de promener bébé dans la jolie voiture. Elle entre dans le parc. Aussitôt ses amies viennent à sa rencontre.

– C'est ton frère ? demande Jacqueline en faisant un joli sourire.

– Comment s'appelle-t-il ? dit Françoise.

– Il s'appelle Alain.

– Comme il est mignon ! Quel âge a-t-il ?

– Il a eu treize mois le 15 avril.

Dans le parc, les enfants crient trop fort en jouant à cache-cache. Bébé ne parviendra jamais à s'endormir. Rentrons à la maison.

Là, dans la cour, sous un parasol, bébé ne tarde pas à fermer les yeux.

– Chut, dit Martine en mettant le doigt sur ses lèvres. Il ne faut pas réveiller bébé.

Elle s'en va sur la pointe des pieds. Minet veille sur le banc. Tout est calme.

Tout à coup, par la fenêtre ouverte, on entend un bruit de ferraille.

Martine accourt aussitôt. Qu'est-il arrivé ?

C'est Minet qui a vu passer une souris sous le banc. Il l'a poursuivie jusque dans la buanderie. En courant, il a fait tomber le balai sur le seau et le seau a roulé au milieu de la cour. Bébé a eu peur. Il s'est réveillé. Il pleure.

– Ce n'est rien, dit Martine en prenant son petit frère dans les bras.

Bébé est consolé. Déjà il ne pense qu'à s'amuser. Car il a vu le cheval à bascule, qui lui fait signe.

Le cheval à bascule a des grelots autour du cou et une crinière avec des rubans. Il attend que bébé soit bien installé et hop, en arrière, en avant, il galope comme un vrai cheval.

Gare à Minet s'il se fait prendre les pattes !

Bébé ne veut plus jouer au cheval.

Bébé veut marcher.

C'est vrai qu'il sera bientôt un petit garçon pour de bon. Et puis, il y a des tas de choses à voir dans le monde, n'est-ce pas ?

Bébé ne marche pas encore très bien. Il faut que Martine le soutienne. Ainsi, il ira sûrement jusqu'au bout du jardin.

Justement un petit mouton, qui s'ennuyait, l'attend sur le gazon.

– Bonjour, petit mouton.

Bien sûr, bébé ne parle pas encore. Mais ce que bébé ne dit pas, tout le monde le pense.

Le petit mouton, lui, ne parlera jamais. Alors, il fait des bonds dans l'herbe et toutes sortes de cabrioles. Ce qui veut dire : « Donne-moi une caresse. »

Mais rien n'est plus difficile que de caresser un petit mouton qui bouge tout le temps.

L’après-midi s’achève. Le grand air donne de l’appétit et bébé réclame sa panade.

Martine assied Alain dans sa chaise. Une chaise avec une tablette et un joli coussin.

Elle apporte une cuillère et une assiette. Elle souffle sur la panade pour la refroidir.

– Une cuillère pour Minet ? Une cuillère pour le cheval à bascule ? Encore une pour le petit mouton ?…

– Surtout, ne m’oubliez pas, semble dire Patapouf.

Les étoiles s'allument dans le ciel. C'est l'heure de mettre bébé à coucher. Martine le déshabille.

Le voilà en pijama, prêt pour aller dormir avec l'ours en peluche et le lapin aux longues oreilles.

Minet se demande si vraiment l'ours en peluche n'empêchera pas bébé de dormir et si le lapin espiègle ne va pas courir toute la nuit dans la chambre.

Il remue la queue simplement pour dire :

– Demain, on s'amusera bien.

– Fais de jolis rêves, dit Martine à son petit frère.

Sitôt dans son lit, bébé s'est endormi. Martine aime beaucoup son petit frère… Mais elle est contente que Papa et Maman rentrent tout à l'heure.

Car bien sûr, cela n'est pas facile de s'occuper de bébé toute la journée !

martine
et le cadeau d'anniversaire

Ce mercredi-là, il pleuvait.
Martine avait mis son ciré jaune
et ses bottes vertes pour sortir
avec sa maman.
Elles allaient toutes les deux
choisir une commode
dans un drôle de magasin
plein de vieilles choses.
Cela s'appelait « Le grenier »,
un nom qui faisait penser à fouillis.
Martine aimait les gâteaux,
les poupées et le fouillis.

Justement, pendant que sa maman discutait avec la vendeuse, Martine fouillait. Enfin elle fouillait des yeux, parce qu'on n'avait pas le droit de toucher.

Et elle découvrait des choses bizarres : des vieux chapeaux, des pendules dont on avait envie de bouger les aiguilles, des fleurs séchées, une marionnette rouge sur un piano… et des poupées !

Les poupées étaient anciennes, Martine le voyait au premier coup d'œil. Elles avaient des visages de porcelaine, des robes aux tissus déteints, des cheveux comme de la soie. De vrais cheveux ? Martine avait envie de les caresser. Elle tendit la main.

– Non, Martine, dit sa maman qui avait certainement des yeux derrière la tête.

Martine baissa la main, mais s'approcha davantage. La plus jolie était assise dans un fauteuil de paille. Elle avait les épaules enveloppées d'un châle.

– Maman, j'aimerais tellement avoir cette poupée pour mon anniversaire… s'il te plaît…
Sa maman était à côté d'elle maintenant. Elle disait :
– Elle est très belle, c'est vrai. Quand j'étais petite, ta grand-mère en avait une toute pareille au grenier et un jour l'oncle Armand l'a cassée.

Martine sentait son cœur battre très fort. Sa maman comprenait. Elle demandait à la vendeuse :
– Combien coûte celle-ci ?
Dans sa tête et dans son cœur, Martine avait déjà baptisé la poupée « Élisabeth ». En même temps, ses bras la picotaient, comme envahis par des fourmis, tellement elle avait envie de la serrer contre elle, de la câliner.
La vendeuse souriait :
– Je suis désolée, madame, mais ces poupées sont vendues. Un collectionneur les a vues dans la vitrine. Il doit revenir les prendre ce soir.

Et elle continuait à sourire ! Comment le pouvait-elle alors qu'une boule affreuse serrait la gorge de Martine qui s'empêchait de pleurer.
– Ne sois pas triste, chérie, dit sa maman. Nous en trouverons une autre.
Puis elles sortirent du magasin sous la pluie. La rue était grise. Martine n'essayait même pas de sauter par-dessus les flaques.

– Si on s'offrait une petite tarte aux noix ?
Martine remuait la tête : non, non…
– À la banane, alors ?
Non, non continuait à faire la tête de Martine.
– Tu es malade, ma puce ?
– J'ai du chagrin.
Personne au monde n'était capable de mesurer ce chagrin.
Un vrai. Un grand. Un chagrin à vous couper l'envie des gâteaux, des plateaux chocolat-confiture devant la télé ou des dessins animés. Un chagrin qui n'est pas un caprice, quoi !
Elles rentrèrent à la maison.

Dans la soirée un monsieur vint livrer
la commode achetée par maman.
Martine ne l'avait pas regardée
dans la boutique. Là, elle vit
que les tiroirs s'ouvraient
avec de gros boutons
« comme sur les images
de son livre préféré ».
Alors, elle oublia
une seconde la poupée
et ouvrit le premier tiroir.

Elle n'en crut pas ses yeux :
au milieu d'un paquet de vieilles
dentelles était allongée UNE POUPÉE !
Pas aussi jolie que celle assise
sur le fauteuil de paille, pas aussi grande
non plus. Pourtant elle avait bien
une tête à s'appeler Élisabeth
et à attendre les deux bras
d'une petite fille pour être cajolée.

Martine était seule, sa maman était redescendue avec le livreur. Vite, elle prit la poupée et courut la cacher sous son lit.
Quand elle revint en courant, sa maman dit :
– Tiens, ils ont oublié de vider la commode avant de la livrer !
Elle tenait les vieilles dentelles à la main.

– Tu vas les garder ? demanda Martine.
– Naturellement non. Ce serait un vol. J'irai les rendre demain au magasin.
Bon. Martine non plus n'était pas une voleuse et cependant…
Elle pensait :
– Élisabeth est à moi. C'est MA poupée. Je ne la donnerai plus jamais.
Mais elle ne pouvait pas jouer avec elle. Tout le monde l'aurait vue. Elle ne pouvait pas non plus s'endormir en la tenant dans ses bras parce que ses parents venaient l'embrasser dans sa chambre.
Et où allait-elle la cacher le samedi, jour où sa maman passait l'aspirateur sous son lit ?

Martine eut des cauchemars terribles toute la nuit, puis encore la nuit suivante.

À chaque fois les petites filles de son école couraient derrière elle en criant : « Voleuse ! » et en la montrant du doigt.
Martine se réveillait en larmes.
La boule était revenue dans sa gorge et ne partait plus.
Vraiment, ce n'était pas possible de vivre ainsi.

– Ça ne va pas, Martine ? questionnait la maîtresse en classe.
– Ça ne va pas, Martine ? s'inquiétaient ses parents à la maison.

Non, ça n'allait pas. Et Martine savait bien ce qu'elle devait faire. C'était affreux, réellement affreux, mais il n'y avait pas d'autre solution. Elle attendit que sa maman sorte donner des graines aux oiseaux dans le jardin. Puis elle remit son ciré jaune, ses bottes vertes, tira Élisabeth de sa cachette, ouvrit la porte de la rue et courut, courut, courut… jusqu'au magasin grenier-fouillis.

Il y avait un grand monsieur barbu à la place de la vendeuse de l'autre jour.

– Bonjour, monsieur. Je viens vous rendre Élisabeth… enfin la poupée que vous avez oubliée dans le tiroir de la commode de ma maman.

Elle posa Élisabeth sur une petite table, tourna les talons et repartit aussi vite qu'elle était venue. À la maison, sa maman n'avait même pas eu le temps de s'apercevoir de son absence. Maintenant Martine n'était plus une voleuse mais elle avait toujours la boule dans la gorge.

Elle s'allongea sur son lit. À côté, elle entendit un coup de téléphone. Sa maman répondit et passa sa tête par la porte :
– Je sors une minute, ne t'inquiète pas, ma chérie. Je reviens tout de suite.
« Je suis malade et je serai malade le reste de ma vie », pensait Martine.
Sa maman pouvait sortir autant qu'elle le voulait ; elle, elle ne bougerait plus jamais. Et elle finit par s'endormir.

– Martine, tu viens…
C'était déjà l'heure du dîner ?
Martine passa de l'eau sur ses yeux rouges et se décida à rejoindre ses parents dans le séjour. Mais que se passait-il ?
Mamie était là aussi ?
Et tante Delphine.
Et tonton Guillaume. Et…

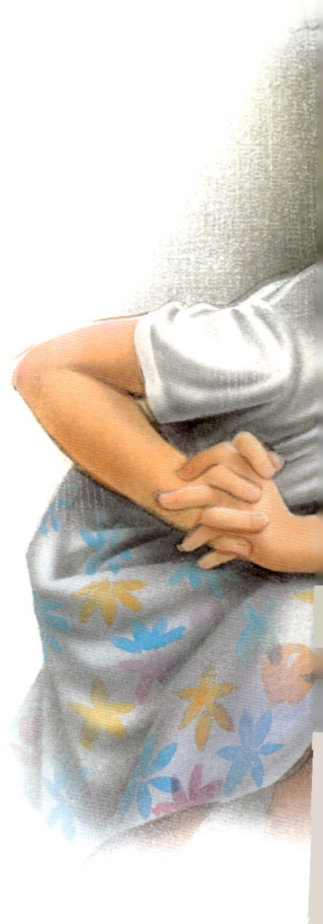

– Joyeux anniversaire, Martine !
– Bon anniversaire, mon lapin !
Martine n'en revenait pas. Elle avait complètement oublié. C'était même la première fois qu'elle oubliait une chose pareille. D'ailleurs, comment fêter son anniversaire alors que son cœur était prêt à déborder de larmes ?

Ils avaient tous des cadeaux dans les bras et maman souriait :
– Tu vas être contente.
Par politesse, Martine défit les emballages.
Il y avait des puzzles, des livres, des bonbons comme d'habitude...

Et le dernier paquet, celui de maman. Elle fit sauter la ficelle :
– Oh !
Élisabeth était là, au milieu des papiers de soie.
– Tu as de la chance, expliquait sa maman. Les gens de cette boutique ont été très aimables. Je leur avais demandé de me prévenir s'ils trouvaient une autre poupée avant ce soir et tout à l'heure un monsieur a téléphoné…

Martine serrait Élisabeth contre son cœur.
Elle n'avait plus de boule dans la gorge.
Elle trouvait la vie tellement belle qu'elle avait envie de chanter.
Et dans les yeux de verre de la poupée de porcelaine, il y avait aussi un sourire heureux. Parce que les poupées, bien sûr, aiment toujours les petites filles qui les aiment très fort.

www.casterman.com

D'après les personnages créés par Gilbert Delahaye et Marcel Marlier / Léaucour Création.
Imprimé en Chine. Dépôt légal : Mai 2008; D. 2008/0053/185.
Déposé au ministère de la Justice, Paris (loi n° 49.956 du 16 juillet 1949 sur les publications destinées à la jeunesse).